Marina Grünewald
(Hrsg.)

Alte Feenmärchen

Bitte fordern Sie unser kostenloses Verlagsverzeichnis an:

Smaragd Verlag
In der Steubach 1
57614 Woldert (Ww.)
Tel.: 02684.978808
Fax: 02684.978805
E-Mail: info@smaragd-verlag.de
www.smaragd-verlag.de

Oder besuchen Sie uns im Internet unter der obigen Adresse.

1. Auflage 2000 Smaragd Verlag
2. Auflage November 2002

Titelbild: XPresentation, Boppard,
nach dem Gemälde „Mittsommerabend“ von Edward Robert Hughes
Satz: DTP-Service-Studio, Rheinbrohl
Printed in Czech Republic
ISBN 3-934254-10-1

„Komm hinweg, o Menschenkind!
In die Wälder, in den Wind,
Hand in Hand mit einer Fee,
Denn die Welt ist, ahnst du's oder nicht,
voller Tränen, voller Weh."

W. B. Yeats

Inhalt

Ernst Ritter von Dombrowski: Fee Silvana 5
Charles Perrault: Die Feen 24
Friedrich Schwed: Schön-Lieschen bei den Feenkindern 28
George Sand: Die Staubfee...44

Ernst Ritter von Dombrowski

Fee Silvana

In einem kleinen Forsthause im Erzgebirge war bittere Not eingekehrt. Der Vater hatte ins Feld ziehen müssen, da die deutschen Lande damals von schwerem Kriegsunglück heimgesucht wurden, und die Treue gegen seinen Landesherrn mit dem Tode besiegelt; bald nach Eintreffen dieser Nachricht folgte ihm die Mutter ins Grab, und nun standen die vier Kinder ganz allein und verlassen da. Der älteste Sohn, Gebhard, zählte wohl schon sechzehn Jahre und war ein tüchtiger, im Berufe seines Vaters wohl erfahrener Bursche, aber auch er vermochte die Not nicht zu steuern. Vergeblich trachtete er, in der Nachbarschaft irgendeinen Dienst zu finden, vergeblich pochte er an so manche Tür, um im Augenblick wenigstens Brot für seine Geschwister zu bekommen, die Leute zuckten die Achseln und wiesen ihn alle fort, zum Teil besaßen sie wirklich selbst nichts, da der lange Krieg mit seinen argen Brandschatzungen das ganze Land ausgesogen und verarmt hatte, zum Teil waren sie hartherzig, und wollten von ihren Vorräten nichts abgeben, da sich das Ende der schweren Zeit immer noch nicht absehen ließ.

So kehrte Gebhard ohne Brot und ohne Hilfe zu seinen Geschwistern, der zwölfjährigen Hildegard und dem achtjährigen Zwillingspaar Fritz und Frieda, zurück. Sie streckten ihm die Hände erwartungsvoll entgegen und baten nur wenigsten um ein kleines Stückchen Brot, aber er hatte ja selbst keines und brach in bittere Tränen aus. Da kam eine alte Frau an der Hütte vorbei, blickte durch das Fenster in die Stube und frug Gebhard, woran es denn fehle. Dieser erzählte das ganze traurige Schicksal, sie hörte ihm aufmerksam zu und sprach dann:

„Vielleicht kann ich euch helfen. Meine Hütte im Walde ist mir verbrannt, ich suche ein anderes Unterkommen, und gerne würde ich hierbleiben und für deine jungen Geschwister sorgen, Gebhard, wenn du dich entschließen kannst, in die Welt zu ziehen und mir drei Dinge zu bringen, die ich notwendig brauche."

„Was wäre das?" frug Gebhard. „Gib mal acht!" fuhr die Alte fort. „Ein goldenes Rehgehörn aus den Alpen, einen Eiszapfen von Stein aus dem Karst, und ein rotes Edelweiß aus den wilden Bergen Bosniens. Ich gebe dir reichlich Geld mit, und bringst du mir, was ich verlange, so sollst du noch das Zehnfache haben, aber du mußt mit den drei Dingen in längstens drei Jahren wieder hier sein, sonst findest du mich und deine Geschwister nie wieder. Und merke wohl: du mußt dir die drei Dinge ohne alle fremde Beihilfe verschaffen, darfst nie jemanden nach ihnen fragen, sonst findest du den Weg zu uns nicht mehr zurück."

Gebhard graute vor der Alten, auch erschien ihm deren Auftrag kaum erfüllbar, als sie aber eine Anzahl blinkender Goldstücke und ein großes Brot nebst kaltem Fleisch aus ihrem Schnappfach zog, und Hildegard und die Kleinen so flehentlich nur um einen kleinen Bissen baten, da griff Gebhard nach diesem einzigen Rettungsanker. Immer und immer wieder preßte er die

Geschwister tränenden Auges an seine Brust, nahm die zehn Goldstücke, welche die Alte vor ihm auf den Tisch gelegt hatte, und sprach zu ihr:

„Ich will das Wagnis unternehmen. Wehe dir aber, wenn du mich betrügst, und vielleicht eine schlimme Hexe bist, ich trage Gottvertrauen in der Brust und fürchte keine andere Macht, ich werde dich zu finden wissen, wo immer du dich auch verbirgst!"

„Keine Sorge, mein Söhnlein", erwiderte die Alte, „sei nur zur Zeit wieder hier mit den drei Dingen, dann ist euer aller Glück gemacht!"

Gebhard schulterte seine Armbrust und trat beklommenen, aber doch mutvollen Herzens seinen weiten Weg an. Er hielt mit seinem Gelde haus, gönnte sich nicht mehr Rast als dringend nötig erschien, und eines Tages, früher als er gedacht, blauten die gewaltigen Bergriesen der Alpen vor ihm auf. Das Land, das er bisher durchzogen, war größtenteils auch vom Krieg verwüstet, bis in die Vorberge reichten Not und Elend, und erst als er in die stillen Waldtäler Steiermarks gelangte, fand er wieder ungestörten Frieden.

An einem schönen Herbstnachmittage erreichte er ein kleines Forsthaus, vor dessen Tür der alte Förster saß. Gebhard frug ihn, ob er nicht einen Jägerburschen brauche. Der Alte musterte den Bittsteller mit scharfem Blick, stellte eine ganze Menge Fragen an ihn, um sich von seinen Kenntnissen zu überzeugen, und schließlich wurden die beiden handelseins. Gebhard sollte ein

Jahr bleiben, und nach Ablauf desselben einen Lohn von sechs Goldgulden erhalten.

„Ich kann einen tüchtigen Burschen recht wohl brauchen," sprach der Förster, „der Winter steht vor der Tür, meine Knochen werden mürbe, und ich allein kann nicht mehr so für das Wild sorgen, wie es sein soll. Das wird deine Aufgabe sein, und bist du brav, so soll es dir bei mir gewiß nicht schlecht gehen." Frohen Mutes schlug Gebhard ein, und der alte Förster hatte bald seine helle Freude an dem jungen Jäger, der keine Mühe und Anstrengungen scheute und jeden Auftrag pünktlich mit der größten Gewissenhaftigkeit ausführte. Noch ein paar Tage schien die Sonne warm und freundlich auf das schöne Tal herab, dann aber legte sich Nebel um die hohen Gipfel, ballte sich zu finsteren Wolken, und einmal gegen Abend brach mit furchtbarer Gewalt ein Schneesturm los. Drei Tage hielt er an, dann klärte sich der Himmel, die Sonne strahlte wieder leuchtend herab, und die ganze Landschaft bot ein entzückendes Bild. Schwer lastete der Schnee auf der Erde und auf den breiten Zweigen der Fichten und Tannen, an jedem Halm funkelten im Sonnenlicht ungezählte Schnee- und Eiskristalle, das ganze Tal erschien wie ein glitzernder Feenpalast, aber es war eine trügerische Pracht, in die in erhabener Ruhe daliegenden Hallen des Waldes zog wie ein bleiches Gespenst Not und Hunger für die Tierwelt ein.

Da begann für Gebhard eine gar schwere Zeit. Im Verein mit ein paar Holzbauern schleppte er täglich mühsam durch den hohen Schnee schwere Heulasten in die höhergelegenen Teile des Revieres empor, füllte damit die schon früher angelegten Krippen, und wenn er abends heimkam, so war er von den unsäglichen Anstrengungen so müde und matt, daß er nur rasch sein Abendbrot verzehrte und dann oft schon in tiefen Schlummer versunken war, bevor er sich noch vollständig entkleidet hatte.

Der Winter war besonders streng, manchmal schien es ein paar Tage lang wärmer werden zu wollen, der Schnee begann zu tauen, dann aber fielen neue Schneemassen, harter Frost folgte, die Not und mit ihr Gebhards Arbeit steigerten sich von Tag zu Tag. Ihn freilich focht das wenig an, er war von klein auf an sein Wohlleben gewöhnt, die herrliche Bergluft stählte seinen ohnedies schon wetterharten Körper noch, und mit nie versagendem Eifer erfüllte er seine schweren Pflichten. Bald kannte ihn das Wild; näherte sich sein im hartgefrorenen Schnee knisternder Tritt den Krippen, so kamen die hungrigen Rehe von allen Seiten ohne Scheu bis auf wenige Schritte heran, und ihr Blick schien dem jungen Jäger für seine treue Fürsorge zu danken. Ebenso kannten ihn die Rebhühner und Hasen im Tale gar bald, selbst für die kleinen Vögel hatte er im Hofe des Forsthauses einen Futterplatz angelegt, und für die herzigen kleinen Meisen als Leckerbissen eine Speckschwarte vor sein Fenster gehängt, an der sie mit fröhlichem Gezwitscher auf- und abkletterten.

Lange Monate ging es so fort ohne jede Abwechslung, da nahm der Wald eines Tages eine eigentümlich dunkle, fast schwarze Färbung an, in den alten Bäumen begann es zu rauschen und plötzlich brach wieder ein furchtbarer Sturm los, fast mächtiger noch als jener im Spätherbst. Aber auf seinen Schwingen zogen siegend die Heerscharen des Frühlings heran, und vor ihrem wuchtigen Anprall vermochten die Eis- und Schneepanzer des Winters nicht standzuhalten. Überall rieselte und plätscherte es, die Bäume waren längst frei von ihrer drückenden Schneelast, auch auf dem Boden schmolz der Schnee zusehends zusammen, Lawinen sausten zu Tal, und als nun ein paar Tage lang die Sonne warm und klar niederstrahlte, war bald der letzte Bann gebrochen, es ging wie ein tiefer Atemzug durch die Natur, sie war erwacht zu neuem Leben. Schneeglöckchen und Anemonen erschlossen ihre weißen Kelche, unter dichtem Gebüsch blauten die Veilchen, die Bäume und Sträucher schlugen aus, über dem Tal jubelte die Lerche und im Walde der ganze Chor der wieder heimgekehrten gefiederten Sänger. Jetzt durfte sich auch Gebhard eher etwas Ruhe gönnen, und mit hoher Befriedigung konnte er auf seine mühevolle Tätigkeit zurückblicken, der furchtbare Winter mit allen seinen Schrecken hatte nicht vermocht, auch nur ein einziges Stück Wild aus dem Gebhards Fürsorge anvertrauten Reviere hinwegzuraffen. Als Gebhard eines Morgens vor den Hundezwinger trat, bot sich ihm eine freudige Überraschung, Diana, eine alte Vorstehhündin des Försters, hatte vier herzige Junge bekommen. Der Förster musterte sie genau, wählte sich eines von ihnen aus, sprach zu Gebhard:

„Den behalte ich mir, die anderen drei kannst du ins Wasser werfen."

Aber das brachte Gebhard nicht über das Herz, die kleinen, hilflosen Tierchen taten ihm leid, und er bat seinen Vorgesetzten, sie behalten zu dürfen.

„Ich habe noch Geld genug in der Tasche", sprach er, „um sie erhalten zu können, und sie sollen mir treue Gefährten werden!"

„Na, wenn es dir so viel Freude bereitet", entgegnete der Förster, „dann mag's darum sein, und um das Futter brauchst du nicht zu sorgen solange du hier bist, so genau nehme ich es bei einem braven Burschen nicht!" Wolf, Fuchs und Hela nannte Gebhard seine Schützlinge, bald begleiteten sie ihn erst auf kleinen Spaziergängen, dann auch auf weiteren Ausflügen, und Gebhard hatte seine helle Freude an ihrer prächtigen Entwicklung.

Nach und nach aber regte sich bange Sorge in ihm, Frühjahr und Sommer verflogen, der Herbst stand wieder vor der Tür, und immer noch war er seinem Ziele um keinen Schritt näher gerückt, unter all den vielen Rehböcken des Revieres befand sich keiner mit einem goldenen Gehörn, alle trugen nur braune Stangen, wie sie Gebhard aus seiner Heimat kannte.

Eines Tages war er damit beschäftigt, die Krippen für den bevorstehenden Winter wieder instandzusetzen, seine drei Hunde suchten in der Umgebung umher, und plötzlich kam Hela freudig wedelnd mit einem glitzernden Gegenstand im Fang auf ihn zu. Erstaunt blickte Gebhard auf, und im nächsten Augenblick hielt er freudestrahlend ein prächtiges, goldenes Rehgehörn in den Händen. Aus dem Walde aber rief eine Stimme:

„Zum Lohn für deine Treue!"

Hochklopfenden Herzens barg Gebhard seinen Schatz im Rucksack, eilte heim und trat vor den alten Förster hin. Der wollte erst gar nicht mit sich reden lassen, als Gebhard um seine Entlassung bat, er gedachte ihn für immer bei sich zu behalten und bot ihm doppelten Lohn, aber Gebhard blieb, so gerne er sein ganzes Leben hier in dem herrlichen Reviere zugebracht hätte, im Andenken an seine Geschwister fest, und schließlich mußte der Alte nachgeben. Er zahlte Gebhard seinen Lohn aus, legte freiwillig noch zwei Goldgulden zu, und am nächsten Morgen zog dieser mit seinen drei Hunden südwärts, dem Karste zu.

Lange noch führte sein Weg durch hochragende Wälder und blühende Täler hin, dann aber änderte sich die Landschaft plötzlich. Während bisher immer nur die höchsten Bergesspitzen von Felsen gekrönt erschienen, die Niederungen aber von üppigen Wiesen und sorgsam bestellten Feldern, die Hänge von dichtem Wald bedeckt waren, drängten sich jetzt wild zerklüftete Felsenmassen bis in die mit wüstem Geröll ausgefüllten Täler, nur da und dort zeigte sich spärlicher Baum- und Graswuchs, und es gab Gegenden, wo das Auge vergeblich auch nur nach einem einzigen grünnen Grashalm spähte, nichts als fahles, weißgraues Gestein war zu erblicken. Wo der nackte Felsen hoch etwas Raum gab, fand Gebhard kleine Ansiedlungen halbwilder Menschen, und *nachdem er sich vergeblich nach einem passenden Unterkommen umgesehen, entschloß er sich, selbst eine Hütte zu bauen und bis auf weiteres ein Einsiedlerleben zu führen. Er wählte eine Stelle, wo an einem munter plätschernden Quell, einer großen Seltenheit in dieser wasserarmen Steinwüste, einige uralte, aber kümmerlich gewachsene Kiefern standen, trug hier eine Menge großer Steine zusammen, und nach zehntägiger Arbeit hatte er eine feste, geräumige Hütte mit einer offenen Herdstelle fertig. Als Lager dienten ihm Fichtenzweige, als Kopfpolster sein Rucksack, und nachdem er in einem Hirtendorf zwei Ziegen und einen Sack voll Mehl erworben, konnte er getrost dem Anbruch des Winters entgegensehen. Sein Brot backte er sich selbst, Milch lieferten ihm die Ziegen, und seine Armbrust sorgte für Hasen und Steinhühner als leckere Beigaben zu seiner Nahrung. Schnee gab es hier wohl nicht soviel wie in den steierischen Bergen, dafür aber im Herbst furchtbare Wolkenbrüche, und dazu die Bora, den tosenden Nordoststurm, den Mensch und Tiere fürchten, und der oft selbst der festen Steinhütte mit Vernichtung drohte. Gebhard hätte sich mit dem harten Leben, das er hier führte, ganz gut abgefunden, nur die Einsamkeit setzte ihm mit der Zeit arg zu, und er war froh, wenigstens seine drei Hunde als Gesellschafter bei sich zu haben. Das Volk, das dieses Land zur damaligen Zeit bewohnte, war halbwild, Gebhard verstand kein Wort von dessen Sprache, und seine einzige Zerstreuung bildeten weite Ausflüge, bei denen er sich stets, aber vergeblich, sein Ziel vor Augen hielt.*

Endlich war der Sommer gekommen mit seiner hier fast unerträglichen Hitze. Als Gebhard auf einer seiner Kreuz- und Querfahrten in ein engeingeschnittenes, schluchtartiges, stellenweise mit dichtem Dornengestrüpp bedecktes Tal einbog, gaben seine Hunde wütend Standlaut, und knapp vor ihm tauchte eine gewaltige Bärin mit zwei Jungen auf. Schon hob Gebhard seine Armbrust, da aber kam ihm der Gedanke, daß das gewaltige Raubtier hier ja niemandem Schaden tue, und die zwei kleinen Bären erschienen ihm so drollig, daß er es nicht über das Herz brachte, sie ihrer Mutter zu berauben oder gar auch sie selbst zu erschießen. Er senkte seine Waffe, rief die Hunde ab, die ihm diesmal nur widerwillig gehorchten, und brummend trabte die Bärin mit ihren Kleinen davon.

Da sah Gebhard zu seinem nicht geringen Erstaunen, daß sie anscheinend plötzlich in der Erde verschwand; er merkte sich die Stelle genau, eilte dahin und stand vor einem engen Spalt, der tief in das Innere der Erde führte. In der Nähe gewahrte er eine verkrüppelte dürre Fichte, von deren Rinde reichlich Harz niederfloß; mit Hilfe seines Hirschfängers hieb er sich rasch ein tüchtiges Stück Kienholz ab, das ihm als Fackel dienen sollte, setzte es mit Hilfe von Feuerstein und Schwamm in Brand und drang dann vorsichtig in den Spalt ein. Eine Strecke weit ging es durch einen engen, seinem Körper nur eben knapp Raum gewährenden, schräg abwärts führenden Schacht, dann aber jauchzte er vor Freuden plötzlich laut auf. Er stand in einer je-

ner riesigen, weitverzweigten Höhlen, wie sie im Karst so zahlreich vorkommen und heute teilweise als große Sehenswürdigkeiten von Tausenden von Menschen besucht werden. Die Felsen wölbten sich hier zu einem ungeheuren Dom, von dessen Decke eine Unzahl blendend weißer Tropfsteingebilde gleich Eiszapfen in allen Größen niederhingen. Auch vom Boden aus strebten ungezählte glitzernde Säulen auf, und die Wände erschienen im flackernden Fackelschein wie mit Milliarden von Eiskristallen besäet. Vorsichtig brach Gebhard eines der schönsten eiszapfenartigen Gebilde ab, wickelte es sorglich in ein Tuch, barg es in seinem Rucksack und eilte frohgemut nach seiner Hütte zurück. Nun fehlte ihm bloß mehr das rote Edelweiß, mehr als ein Jahr Zeit lag noch vor ihm, und in der Hoffnung, auch die letzte seiner Aufgaben lösen zu können, brach er, rüstig ausschreitend, nach Südosten auf, dem fernen Bosnien zustrebend.

Das war ein gar weiter und schwieriger Weg, und als er das Land erreicht, verzweifelte er fast bei dem Gedanken, vielleicht ein Jahr oder länger hier zubringen zu sollen. Wohl war es ein an Naturschönheiten unvergleichliches Gebiet, das sich hier vor ihm auftat; Wald mit so ungeheuren Baumriesen, Berge mit so wild gezackten Gipfeln und Graten hatte er noch nicht geschaut, aber es war fast unbewohnt; die wenigen Menschen, die er hier sah, flohen teils vor ihm, teils betrachteten sie seine Waffen mit lüsternen Augen, und wohl nur sein kühner Blick, seine hohe, zu voller Manneskraft herangereifte Gestalt und die dräuenden drei

Hunde, die gegen jeden Fremden grimmig die Zähne fletschten, wenn ihr Herr sie nicht beruhigte, schützten ihn vor einem räuberischen Überfall. Für den Winter erbaute er sich mitten im Walde an geschützter Stelle ein solides kleines Blockhaus, und an Nahrungsmangel hatte er hier auch nicht zu leiden. Auf Milch und Brot freilich mußte er verzichten, dafür gab es Wildschweine, Rehwild und Gemsen in Menge, ebenso Auerwild, Stein- und Haselhühner, und so brachte er mit der Jagd die Zeit hin, bis der Sommer und mit ihm die Zeit anbrach, wo hoch oben in der Felsenregion das Edelweiß seine weißen Sterne erschließt.

Da verließ Gebhard sein altes Standquartier und durchzog, stets im Freien nächtigend, eine ganze Reihe der gewaltigen Gebirgsstöcke, die sich hier, von tief eingeschnittenen Tälern getrennt, wie eine ganze Stadt von ungeheuren Burgen mit hochragenden Mauern und bis in die Wolken tauchenden Warttürmen erhoben; aber alle seine Mühe blieb vergebens, in vielen Gebirgen fand er die schöne Blume, die hier viel seltener auftritt als in den Alpen, überhaupt nicht, und wo er hoch auf sie stieß, waren es immer wieder nur dieselben weißen Sterne, die er schon von der Steiermark her kannte.

Eines Tages gelangte er in das Tal der Narenta, folgte eine Stecke weit ihrem Laufe und erreichte schließlich jenen herrlichen Punkt, wo heute der kleine Ort Jablanica liegt, am linken Ufer von den wilden Massen des Prenj-Gebirges, auf dem rechten von den fast noch schroffer ansteigenden Wänden der Plasa beschattet. Gebhard hielt hier wieder unter freiem Himmel Nachtlager, und am nächsten Morgen, als kaum der Tag graute, wandte er sich letzterem Gebirgsstock zu. Den Gipfel auf geradem Wege zu erklimmen, wäre wohl kaum einer Gemse gelungen, Gebhard wandte sich also nach links, wo waldbedeckte Hänge etwas weniger steil anstiegen, um sein Ziel auf einem Umwege zu erreichen. Bald nahm ihn hochragender Buchenwald auf, durchschnitten von zahlreichen Erdrissen und Felsenschluchten, und erst nach vierstündiger harter Wanderung erreichte er ein schon über der Waldregion gelegenes freies Plateau, wo, eingebettet zwischen Ulmen, Geröllhalden und ausgedehnten, von Krummholzkiefern gebildeten Dickichten ein kleiner See lag. Hier hielt er, seinen brennenden Durst löschend, kurze Rast und drang dann weiter gegen den Gipfel vor.

Bald begann sich das Terrain wieder zu senken, und er betrat ein kesselförmiges Hochtal, an zwei Seiten von den letzten Ausläufern des Waldes begrenzt, während auf den anderen beiden Seiten steile Hänge anstiegen, in ihrem unteren Teile noch mit Krummholz bedeckt, weiterhin aber von fast senkrecht emporstrebenden, zerklüfteten Felsenmauern abgeschlossen. Am unteren Rande dieser Felsmassen, in dem lockeren Geröll nur mit Mühe und Gefahr vordringend, schritt Gebhard hin und gelangte zu einer Stelle, wo viele Hunderte von Edelweißblüten zwischen dem grauen Gestein leuchteten, aber auch hier wieder nur die allbekannten weißen Sterne.

Da plötzlich brach eine Gemsgeiß mit einem Kitz flüchtig aus einer Krummholzdichtung hervor, Gebhard hörte eine Bogensehne schwirren, und im selben Augenblick sank die Geiß auch schon, von einem Pfeil getroffen, kaum vierzig Schritte von ihm entfernt, zusammen. Mit hellem Ruf stürzte sich ein wild aussehender Mann auf sie und schwang ein langes, scharfes Messer, um es ihr hinter das Blatt zu stoßen, als ihn Gebhard laut anschrie. Der Mann blieb stehen und begann in fremdem Kauderwelsch zu reden, Gebhard aber donnerte ihm entgegen: „Schändlicher Bube, schämst du dich nicht, die Geiß von dem hilflosen Kitz wegzuschießen, das nun elend verhungern muß?"

Die Worte begriff der Raubgeselle freilich nicht, um so mehr aber Gebhards drohenden Ton, und auch die auf ihn gerichtete Armbrust sowie das dräuende Zähnefletschen der drei Hunde sprachen eine für ihn so verständliche Sprache, daß er es vorzog, seine Beute im Stich zu lassen und schleunigst in den Büschen zu verschwinden. Gebhard befahl nun seinen Hunden, zurückzubleiben, trat an die Gemsgeiß heran und sah zu seiner großen Freude, daß dieselbe von dem Pfeil nur stark am Halswirbel gestreift und offenbar nicht tödlich verwundet, sondern bloß betäubt war. Da begann sie auch schon heftig herumzuschlagen, kam auf die Läufe, trollte schwankend ein paar Schritte weit, wurde aber immer sicherer, eräugte ihr Kitz, das von einem Felsvorsprung aus angstvoll herübergeäugt hatte, und verschwand endlich mit ihm im Gewände. Frohen Herzens blickte Gebhard dem wieder vereinten Paare nach, als er aber dann seinen Blick über die Stelle schweifen ließ, wo die Geiß gelegen, stieß er einen Jubelschrei aus. Über das graue Gestein perlte roter Schweiß, und von ihm genetzt lugte aus einer Spalte ein purpurrotes Edelweiß hervor.

Jetzt hatte Gebhard auch den letzten, schwierigsten Teil seiner Aufgabe gelöst; noch lagen fast drei Monate Zeit vor ihm, und mit Sicherheit durfte er hoffen, vor Ablauf der drei Jahre wieder in der Heimat zu sein. Unverzüglich brach er gegen Norden auf, aber gar oft zwangen ihn unübersteigliche Berge, Schluchten und wilde Gebirgsflüsse, von seiner Richtung abzuweichen, und erst nach langwierigem Umherirren gelangte er an den Savestrom. Ein paar Fischer, die er zufällig traf, führten ihn an das jenseitige Ufer nach einem Dorfe, in welchem Gebhard, um rascher vorwärtszukommen, ein kräftiges Pferd nebst Sattel und Zaum erstand, und in flottem Gang, von dem lustig bellenden Hundekleeblatt gefolgt, trabte Gebhard nun in die ungeheure ungarische Tiefebene.

Manchmal vergingen mehrere Tage, ohne daß unser junger Held auf Menschen stieß, und dann waren es halbwilde Horden, denen er lieber auswich; auch hier blieb er also mit seinem und seiner Hunde Hunger auf das Ergebnis der Jagd angewiesen, und das war gut, denn der Ankauf des Pferdes hatte seine Barschaft gar arg geschmälert. Die Reise ging langsamer vonstatten, als Gebhard gehofft, auch hier zwangen ihn gewaltige Sümpfe oft zu weiten Umwegen, und mehr als zwei Monate waren verstrichen, als er endlich die Grenzen der Ostmark erreichte. Hier hörte er zum erstenmal nach zwei Jahren wieder deutsche Laute an sein Ohr schlagen, und sie brachten ihm die frohe Botschaft, daß der langwierige Krieg, der so viel Unglück gestiftet und auch ihn so hart getroffen hatte, vorüber, und voller Friede an seine Stelle getreten sei.

Das war gute Kunde, und mit doppelter Eile setzte Gebhard seinen Weg fort, bis eines Tages sein Pferd bedenklich zu lahmen begann. Er mußte es schließlich am Zügel führen, und als er abends in ein größeres Dorf gelangte, blieb ihm nichts übrig, als es um geringen Preis an einen Bauer, der es wieder ausheilen wollte, loszuschlagen und sich mit der viel langsameren Fußwanderung zu begnügen. Trotzdem gelang es ihm unter Anstrengung aller seiner Kräfte, den Rest des Weges so rasch zurückzulegen, daß, als die Heimat vor ihm lag, noch drei Tage an der festgesetzten Frist fehlten, und hohe Freude hob seine Brust.

Wie er nun aber die Lichtung erreichte, auf welcher das Dorf lag, in dem er damals vergeblich nach Arbeit und Brot gesucht, blieb er starr vor Schreck stehen. Die ganze Gegend bildete eine Wüstenei, und zwischen hochragenden Königskerzen und Brennesseln erhoben sich bloß noch rauchgeschwärzte Trümmerhaufen an Stelle der einstigen freundlichen Häuschen, der ganze Ort war ein Raub der Flammen geworden, den wohl ruchlose, brandschatzende Landsknechte angeschürt hatten.

Voll banger Ahnung stürmte Gebhard, so schnell ihn die müden Füße nur zu tragen vermochten, weiter in den Wald hinein, bis er auf der Blöße hielt, wo sein Vaterhaus gelegen, aber auch dieses war verschwunden, und hier ließen sich nicht einmal Trümmer sehen; an der Stelle, wo es gestanden, breitete sich, rings von uralten Tannen umschlossen, eine üppig grünende Wiese aus, in deren Mitte ein munterer Quell plätscherte. Weit und breit war kein Laut zu hören als das Hämmern der Spechte an den Bäumen und das Gezirp der Meisen im Gezweige, die ganze Gegend erschien wie ausgestorben. Vernichtet sank Gebhard am Rande der Wiese auf einen gefallenen Baumstamm, schlug die Hände vor das Gesicht und begann bitterlich zu weinen. So waren denn all die Mühen, Gefahren und Entbehrungen, die er, ohne je zu murren, auf sich genommen und in denen er sich trotz seiner jungen Jahre als tüchtiger Mann gezeigt, vergeblich gewesen, seine Geschwister mußten doch das Opfer eines bösen Zaubers geworden sein, und bei dem Mangel an irgendeinem Zeichen, irgendeinem Wegweiser verzweifelte Gebhard an der Möglichkeit, die Seinen je wieder aufzufinden. Er nahm seinen Rucksack von der Schulter, legte die drei Schätze vor sich, das goldene Rehgehörn, den steinernden Eiszapfen und das rote Edelweiß, nochmals durchlebte er im Geiste alle die Tage, die er unter den ärgsten Mühseligkeiten in den Alpen, im Karst und in Bosnien zugebracht, um seine Aufgabe zu erfüllen, und dann brach er abermals in Tränen aus.

Da schlugen seine Hunde freudig an, und im nächsten Augenblick fühlte er sich von sechs Armen liebkosend umschlungen, und drei helle Stimmen riefen freudig aus: "Gebhard, lieber Gebhard, bist du endlich wieder hier!"

Und hinter seinen Geschwistern, die sich herzend und küssend an ihn drängten, gewahrte Gebhard eine herrliche Mädchengestalt, einen Kranz von Tannenzweigen im lockigen Haar, angetan in ein Gewand aus zarten grauen Moosfasern, zu kostbarem Sammet gewoben. Milde lächelnd blickte sie zu ihm nieder und sprach: „Du erkennst die Alte von damals wohl nicht wieder? Ich bin Silvana, die Fee des Waldes, für die dein Vater so lange Jahre treu gesorgt, ihm zuliebe habe ich deine Geschwister in Schutz genommen, als ihr in bittere Not gerietet und als ich erfuhr, daß die Schrecken des Krieges auch hier über das stille Tal hereinbrechen würden. Dich aber wollte ich erproben, ob du wert bist, an deines braven Vaters Stelle zu treten, und du hast dich bewährt, hast gezeigt, daß in deiner Brust das goldene Herz schlägt, das jeder echte Weidmann besitzen soll. Im harten Winter hast du treulich für das hungernde Wild gesorgt, dann bewiesen, daß nicht bloße Mordlust dich leitet, und du kein Tier zwecklos tötest, und zuletzt das arme, roher, ruchloser Hand verfallene Mutterwild beschützt. So wirke hier weiter als wackerer Mann und braver Jäger, Fee Silvana wird auch weiterhin über dir und den Deinen wachen."

Mit diesen Worten griff die Fee nach dem goldenen Rehgehörn, dem schimmernden Tropfstein und dem roten Edelweiß, und ehe ihr Gebhard noch zu danken vermocht, war sie seinen Blicken entschwunden. An derselben Stelle wie früher aber erhob sich das alte traute Vaterhaus, und wie Gebhard die Tür aufriß und in die Stube stürzte, sah er auf dem Tische ein Pergament liegen, in dem ihn sein Landesherr zum wohlbestallten Erbförster ernannte.

Lange Jahre lebten Gebhard und seine Geschwister froh und glücklich in ihrer Heimat, und ihre Nachkommen sind die vielen braven Weidmänner, die heute noch, weit über die Grenzen Böhmens hinaus berühmt, als tüchtige Forstleute und Jäger in ihrem Vaterlande treu für Wald und Wild sorgen.

Charles Perrault

Die Feen

Es war einmal eine Witwe, die hatte zwei Töchter. Die ältere war ihr in Charakter und Aussehen so ähnlich, daß jeder in ihr die Mutter selbst zu sehen glaubte. Mutter und Tochter waren so unfreundlich und hochmütig, daß kein Mensch mit ihnen auskam. Die jüngere glich dagegen in ihrer Gutherzigkeit und Sanftmut ihrem Vater. Außerdem war sie eines der schönsten Mädchen, das man sich nur vorstellen konnte.

Da Menschen häufig ihresgleichen lieben, war die Mutter ganz hingerissen von ihrer älteren Tochter und konnte die jüngere gar nicht leiden. Daher mußte diese in der Küche essen und von morgens bis abends arbeiten. Unter anderem mußte das arme Mädchen zweimal am Tag mehr als eine halbe Meile weit entfernt Wasser holen gehen.

Eines Tages, als sie wieder einmal an dem Brunnen stand, kam eine arme Frau und bat sie um einen Schluck Wasser.

„Aber gern, Mütterchen", sagte das schöne Mädchen, spülte gut ihren Krug aus und schöpfte dann an der klarsten Stelle des Brunnens Wasser für sie. Als die arme Frau getrunken hatte, sagte sie: „Du bist so schön, gut und hilfreich, daß ich dir ein Geschenk machen möchte." Sie war nämlich eine Fee, welche die Gestalt einer armen Frau angenommen hatte, um zu prüfen, wie weit die Hilfsbereitschaft des Mädchens gehe.

„Ich verleihe dir die Gabe", sprach die Fee weiter, „daß dir bei jedem Wort, das du sprichst, ein Edelstein oder eine Blume aus dem Mund fällt."

Als das Mädchen nach Hause kam, schimpfte es die Mutter aus, weil es so spät vom Wasserholen zurückkam.

„Verzeiht, liebe Mutter", bat das ausgescholtene Mädchen, „daß ich so lange Zeit gebraucht habe." Als es diese Worte sprach, fielen ihm zwei Rosen, zwei Perlen und zwei große Diamanten aus dem Mund. „Was ist denn das?" rief die Mutter erstaunt. „Mir scheint fast, als fallen dir Diamanten und Perlen aus dem Mund! Wie kommt denn das, liebes Kind?" (Es war das erstemal, daß sie ihre Tochter „liebes Kind" nannte.)

Darauf erzählte ihr das Mädchen in aller Einfalt, was sich zugetragen hatte, und während sie sprach, fielen ihr unzählige Diamanten aus dem Mund.

„Wahrhaftig", sprach die Mutter, „da schicke ich meine Älteste auch hin. Schau mal, Fränzchen, was aus dem Mund deiner Schwester kommt, wenn sie spricht! Würdest du nicht gern die gleiche Gabe besitzen? Du mußt nur zum Brunnen gehen und Wasser schöpfen. Sobald eine arme Frau dich um einen Schluck Wasser bittet, reichst du ihr höflich deinen Krug."

„Das würde euch so passen", sagte das mürrische Ding, „daß ich auch noch zum Brunnen gehe!"

„Du wirst sofort hingehen", sagte die Mutter. „Ich will kein Murren hören."

Also machte sie sich auf den Weg, murrte aber weiter vor sich hin. Sie hatte den schönsten Silberkrug dabei, den sie im ganzen Haus gefunden hatte. Kaum war sie am Brunnen, als aus dem Wald eine prächtig gekleidete Dame trat, die um einen Trunk bat. Es war die gleiche Fee, die ihrer Schwester begegnet war, aber nun das Aussehen einer Prinzessin angenommen hatte, um zu erfahren, wie weit die Unfreundlichkeit und die schlechten Manieren des Mädchens gingen.

„Bin ich vielleicht hierhergekommen, um Euch zu trinken zu geben!" sagte das hochmütige Mädchen. „Meint Ihr, daß ich dafür den schönen Silberkrug mitgebracht hätte? Trinkt doch direkt aus dem Brunnen, wenn Ihr Durst habt." „Du bist nicht gerade höflich", erwiderte die Fee ohne Zorn. „Da du so unfreundlich bist, soll dir bei jedem Wort, das du sprichst, eine Kröte oder Schlange aus dem Mund fallen."

Als ihre Mutter sie kommen sah, rief sie gespannt: „Nun, liebe Tochter?" „Nun, Mutter...", begann das Mädchen und gab zwei Schlangen von sich. „O Himmel!" rief die Mutter. „Was muß ich sehen? Daran ist nur deine Schwester schuld. Aber die soll mir dafür büßen!" Und sie lief hinter der Jüngeren her, um sie zu verprügeln. Da ergriff das arme Mädchen die Flucht und versteckte sich im nahen Wald. Dort begegnete es dem Königssohn, der gerade von der Jagd zurückkehrte. Als er das schöne Mädchen sah, fragte er, was es so allein im Walde mache und warum es denn weine.

„Ach, Herr! Meine Mutter hat mich aus dem Haus gejagt!" Als der Königssohn aus ihrem Mund Diamanten und Perlen fallen sah, fragte er sie, wie es dazu käme. So berichtete sie ihm das ganze Abenteuer. Der Königssohn verliebte sich in sie. Außerdem fand er, daß eine solche Gabe mehr wert sei als jede Mitgift, führte sie in den Palast des Königs, seines Vaters, und heiratete sie.

Ihre Schwester machte sich bald so verhaßt, daß sogar ihre Mutter sie aus dem Hause jagte und sie mitten im tiefen Walde den Tod fand.

Friedrich Schwed (Friedrich Schultheiß)

Schön-Lieschen bei den Feenkindern

Unter allen Kindern des Dorfes war keines anmutiger und hübscher als Lieschen, und man nannte das Mädchen allgemein, um es von den andern, welche gleichen Namen führten, zu unterscheiden, Schön-Lieschen. Jedermann hatte sie lieb, denn sie zeigte sich immer gefällig und wenn sie ein Spiel vorschlug, so gaben alle Kinder gerne ihre Einwilligung dazu, denn sie wußten, daß Schön-Lieschen alles hübsch anordnen konnte; es ging dann der Zug auf den großen Rasenplatz in der Nähe des Dorfes und da tummelte sich dann jedes herum, bis alle der Kurzweil müde und des Vergnügens satt nach Hause gingen.

Nicht weit entfernt lag ein mächtiger Wald, der aber von niemand betreten wurde, obwohl dort die schönsten und stärksten Bäume standen und alles üppig emporwuchs. Jedermann wußte, daß dort der Aufenthalt von Feen sei, und Neugierige, welche verwegen genug ihn betreten hatten, waren durch furchterregende Erscheinungen vom weiteren Eindringen abgeschreckt worden.

Nur mit Scheu betrachteten die Kinder den unheimlichen Wald, dessen schattiges dunkles Grün und angenehme Kühle zu einem Besuche lockte, und so gerne sie unter den gewaltigen Eichen geruht und von den vielen dort so schön blühenden Blumen sich Kränze gewunden hätten, so unterdrückte doch die Scheu und die Warnungen der Eltern den dann und wann aufsteigenden Wunsch, in dem Wald umherzulaufen und seine Schönheit zu genießen.

Als eines Tages die Kinder in der Nähe des geheimnisvollen Waldes spielten, geschah es, daß plötzlich ein wunderschönes Vögelein auf Schön-Lieschen zuflog und Schutz suchend auf die Schulter derselben sich setzte. Erstaunt betrachteten alle Kinder das niedliche Tierchen, das zitterte; siehe! - da ließ sich ein mächtiger Adler aus den Lüften herab und stürmte mit offenen Flügeln auf die Kinder ein. Schön-Lieschen versteckte das Vögelein schnell in ihrem Busen, ergriff einen schweren Stab und ging mutig dem feindseligen Tiere entgegen; durch ihr Beispiel zur Nachahmung ermuntert, taten die andern Spielgefährten dasselbe und der Adler wurde mit Steinen und Ruten angegriffen. Wohl schlug er mit seinen gewaltigen Schwingen mächtig um sich, doch gelang es der vereinten Anstrengung der Kinder des Gegners Kraft zu brechen, denn nach einem längeren Widerstand erhob er sich wieder in die Luft und flog, doch wie es schien ziemlich ermattet, davon.

Sobald der Feind aus dem Gesichtskreis verschwunden war, holte Schön-Lieschen das Vögelein aus seinem Verstecke hervor und setzte es in Freiheit; sogleich flog dieses auf einen nahen Rosenstrauch und sang fröhliche Weisen, sein Köpfchen hin und her wiegend und damit nickend, wie wenn es so seinen Dank ausdrücken wolle. Endlich erhob es sich und flog dem Walde zu, in dem es verschwand.

Von der Zeit an besuchte Schön-Lieschen häufiger als sonst

die Wiese und betrachtete mit steigender Neugierde den Wald und sein geheimnisvolles Dunkel.

Da bemerkte sie einst das Vögelein wieder, das auf einem Baume saß und ihr freundlich mit den Flügeln winkte; mit freudigem Rufe bewillkommte sie es und trat, um den Gesang desselben besser hören zu können, an den Saum des Waldes. Doch das Vögelein flog auf einen andern Baum, nicht beachtend den lockenden Ruf seiner Retterin, dann ließ es sich auf den Boden nieder und schien lustig zwitschernd und mit den Flügeln sich fächelnd, Schön-Lieschen zum Nähertreten einzuladen. In dem Augenblicke vergaß diese alle gehörten Geschichten von den im Walde sich vorfindenden Geheimnissen, sie achtete nicht auf die erhaltenen Warnungen, sondern eilte auf das Vögelein zu, doch dieses erhob sich wieder, flog dann weiter und ihm nach das Mädchen, das gar zu gerne mit dem niedlichen Tierchen gespielt hätte.

Plötzlich war der kleine Vogel, den Schön-Lieschen wohl eine Stunde lang verfolgt hatte, verschwunden, und wie sie sich, ärgerlich darüber, umdrehte, um nach Hause zu eilen, bemerkte sie zu ihrem größten Schrecken, daß ringsumher nichts als Bäume seien, kein Weg, keine Spur davon war zu sehen, nicht einmal der blaue Himmel überall, denn die Bäume hatten oben in der Höhe die mächtigen Zweige ineinander verschlungen und bildeten so eine grüne Halle, in deren Schatten das Mädchen nun wandelte. An lichteren Stellen fand sie eine Menge duftiger Erdbeeren, die sie sich schmecken ließ, zuletzt aber vom vielen Gehen ermüdet, setzte sie sich, um auszuruhen, unter einem Busche nieder. Die Bäume erhielten eine dunklere Färbung, die Schatten wurden länger und die Nacht brach ein. Vor Müdigkeit entschlief sie und da träumte ihr, Häschen und allerlei Vögelein kämen herbei, um sie anzuschauen und hüpften, ohne sich vor ihr zu fürchten, in ihrer Nähe herum.

Und wirklich fand sie beim Erwachen, daß der Traum wahr geworden sei, denn vor ihr saßen mehrere Häschen, welche ihre großen Ohren spitzend mit klugen Augen sie betrachteten und von Zeit zu Zeit Männchen und Purzelbäume machten! Eine Menge Vögel in mancherlei hübschen Farbenkleidern prangend hüpften lustig auf den Bäumen umher und bezeugten durch Zwitschern und Flattern ihre Freude über den noch nie gesehenen Gast da unten.

Ergötzt durch die Zutraulichkeit der hübschen Tierchen machte sich Schön-Lieschen wieder auf den Weg, denn ihr war doch ein wenig bange geworden, wenn sie ihre jetzige Lage betrachtete und ihr die Angst der Eltern um sie einfiel. Sie meinte, sie müsse bald das Ende des Waldes erreichen, aber so weit sie auch ging, immer wollten die Bäume noch kein Ende nehmen und endlich kam sie gar an eine steile Felsenwand, über die sie natürlich nicht klettern konnte, und ein anderer Ausweg schien sich nicht darzubieten. Ratlos schaute das arme Kind rings umher, da flog mit einem Male das schöne Vögelein herbei und hüpfte voraus, wie wenn es den Weg zeigen wollte; in einem großen Loche, das am Felsen zu erblicken war, verschwand es. Lieschen kroch hinein und sah sich jetzt in einem finsteren Gang, den es, mit den kleinen Händen an der Wand hintappend, verfolgte, da fiel plötzlich mit einem Male ein heller Strahl in die Dunkelheit, der Gang nahm dort ein Ende und wie die Wanderin dort hinkam und sich umschaute, fand sie in ihrem Erstaunen gar kein Ende.

Denn sie stand hoch oben und zu ihren Füßen breitete sich ein Tal aus, das als ein herrlich angebauter Garten erschien, in dessen Mitte ein glänzendes Haus stand. Es schien da unten ein ewiger Frühling zu herrschen, denn die Luft war mild und erquickend, die Bäume hingen voller Blütenbüschel und doch waren eine Menge Früchte an denselben. Hier standen die herrlichsten Bäume regelmäßig nebeneinander, schattige Gänge bildend, dort sah man kleine Wäldchen; die schönsten Blumen zierten die einzelnen Beete und eine Menge Springbrunnen spritzten in mächtigen Bögen ihr Wasser in die Höhe, das im Sonnenstrahle wie blankes Silber glänzte. Daß dieses wunderschöne Tal von jemand bewohnt sein müsse, sah Lieschen, deren Herz freudig klopfte, leicht ein, sie ging deshalb eilig den Weg hinab, der von der Höhe in das Tal führte.

Wie sie dasselbe betreten hatte, gewahrte sie auf einer Wiese mehrere Kinder, welche mit einander spielten, sie blieb stehen und betrachtete, ehe sie näher trat, diese. Sie warfen einen Ball und sprangen dabei fröhlich umher, doch bemerkte Schön-Lieschen sogleich, daß jene sich ungemein leicht bewegten, ja manchmal den Boden kaum berührten und fast darüber zu schweben schienen. Auch hatten die fremden Kinder Kleider an, die ganz verschieden von denen waren, welche sie bis jetzt gesehen hatte, denn der Stoff glänzte und war doch durchsichtig wie Glas, zeigte sich bald grünlich wie Wasser, bald blau wie der Himmel. Alles dies schüchterte das Mädchen ein, sie hielt sich in gehöriger Entfernung und überlegte schon, wie es sich wieder heimlich davon machen wolle, denn es wurde ihr etwas unheimlich zu Mute, da rief eines der Kinder, das die Fremde bemerkt haben mußte: „Ein Erdenkind! Ein Erdenkind!" Mit Einemmale war das an allen Gliedern zitternde Mädchen von den Kindern umringt; es hatte jedoch gar wohl bemerkt, daß jene alle herbeigeflogen waren und doch sah man keine Flügel an ihnen. Angstvoll fiel Schön-Lieschen auf die Knie und die kleinen Hände faltend, bat sie: „Ach verzeiht mir, daß ich hier bin, ich habe mich verirrt! Tut mir nichts zu Leide, ich gehe wieder fort!"

„Sei ohne Furcht!" - sagte eines der Kinder, ein Mädchen, das gleiches Alter mit der angstvoll Dastehenden zu haben schienen. „Wir sind ja auch Kinder, wie sollten wir dir Böses zufügen! Aber wer bist du denn?" Schön-Lieschen gewann jetzt einigen Mut und erzählte von dem Kampfe mit dem Adler und vom Vögelein, das sie in den Wald und dann hierhergelockt habe. Während der Erzählung sahen die Kinder einander bedenklich an und als das fremde Mädchen mit allem fertig war und auch ihre Abenteuer erwähnt hatte, erkundigten sie sich noch einmal nach der Geschichte mit dem Adler, und wie sie nun alles genau wußten, klatschten sie lustig in die Hände. Dann begann das Mädchen, welches zuerst Schön-Lieschen angesprochen hatte, auch über sie selbst die nötigen Aufschlüsse zu geben.

„Sieh!" hob sie an „wir sind Feenkinder, und müssen hier in diesem einsamen entlegenen Tale bleiben, bis wir, größer geworden, einem Amte gewachsen sind. Der Zauberer Merlin, unserm ganzen Geschlechte von jeher feindlich gesinnt, sucht alle Jahre, gewöhnlich um diese Zeit, uns irgend einen Schaden zuzufügen und umspäht dann beständig dieses Tal nebst seinem Gebiete, in das er trotz seiner Zauberkraft nicht dringen kann. Schon manches Feenkind, das sich unvorsichtig genug von ihm verlocken ließ, das gebannte Land zu verlassen, ist in seine Hände gefallen und nur mit vieler Mühe, mit manchem schweren Opfer, konnten die Eltern die Geraubten befreien. Auch diesmal hat er es wieder versucht und ohne Zweifel die kleine Lilis, welche seit dem letzten Mondswechsel uns verlassen hat, rauben wollen!" „Aber", wendete Schön-Lieschen ein und sah die Kinder etwas zweifelhaft an „es war ein Vögelein, das der grimmige Adler verfolgte!"

„Wir sind" wurde sie belehrt „aus einem feineren Stoffe gemacht als ihr Menschenkinder; alle Jahre kann jedes Feenkind sich verwandeln, in was es will, muß aber einen ganzen Monat das bleiben, was es seinem Wunsche gemäß wurde. Unsere Eltern hingegen können zu jeder Zeit jede ihnen beliebige Verwandlung annehmen. Nun flog Lilis, die Tochter unserer Königin, als Vögelein von Neugierde geplagt über das Tal und den Wald hinaus und da wollte sie wohl der Zauberer Merlin als Adler rauben, aber du mit deinen Spielgenossen hast das Feenkind, das als Vögelein ohnfehlbar in seine Gewalt gekommen wäre, gerettet." „Ach das ist alles so wunderbar, so schön, daß ich glaube zu träumen", - sagte Lieschen fast traurig - „aber da darf ich wohl nicht bleiben und muß gleich wieder fort, denn ihr seid anders als ich und viel klüger. So lebt denn wohl, aber gebt mir vorerst etwas zu essen, ehe ich gehe, denn ich bin hungrig!"

Kaum hatte Schön-Lieschen dies gesprochen, da flog aus einem nahen Baumgang ein wunderschönes Kind herbei, das, von allen Feenkindern mit freudigem Zurufe bewillkommt, jauchzend das Mädchen umarmte und küßte. „Du liebes, liebes Herz" - rief es bewegt - „wie bin ich so glücklich, dir danken zu können, denn nur deinem Mute und deiner Herzhaftigkeit habe ich die Rettung aus der Gefahr zu verdanken, in die ich durch meine Unbesonnenheit geraten bin. Ich will dich ewig lieben und nicht wahr, du bist mir auch gut und bleibst jetzt bei mir?" -

„Lilis" - sagte das ältere besonnene Feenkind - „du weißt ja, daß kein menschliches Wesen bei uns bleiben kann, weil es die Königin verboten hat, daher muß das Erdenkind sogleich fort und ich selbst will sie dahin führen, wo sie den Weg in ihre Heimat findet!"

Da weinte und jammerte die liebliche Lilis gar sehr und

Schön-Lieschen fest umklammernd sagte sie, wenn ihre Retterin nicht dableiben dürfe, so gefiele es ihr im Tale nicht mehr und sie wolle dann auch fort, denn draußen in der Welt sei es nicht minder schön und die Menschenkinder könnten ebenfalls, wie sie gesehen habe, recht hübsch spielen. - Wie nun Lilis fest auf ihrem ausgesprochenen Willen bestand, beredeten sich die Feenkinder untereinander und beschlossen, Schön-Lieschen solle einige Tage da bleiben, aber dann müsse sie nach Haus; die Feenkönigin käme bald, dann wollten sie ihr alles erzählen und wegen des Übertretens des Verbotes um Verzeihung bitten.

Der nächste Tag wurde mit demselben Geschäfte begonnen wie der gestern so angenehm verflossene; eben waren alle Feenkinder wieder auf den Blumenbeeten, da durchzogen sanfte, aber bebende Töne die Luft. Alle Beschäftigten riefen jetzt entzückt aus: „Unsere Königin kommt! Unsere beste Freundin naht!"- und dem Platze vor dem Schloße zueilend vergaßen sie ganz ihren kleinen Gast, der langsam nachschlich und mit pochendem Herzen erwartete, was jetzt kommen werde. Eine bange Sorge umschlich sie, denn das Gefühl entwickelte sich in ihr, daß sie nimmer so fröhlich im heimatlichen Dorfe werden könne, seit Lilis ihre Freundin war und sie die Herrlichkeiten des Tales kennen gelernt hatte.

Eine rosenrote Wolke ließ sich nieder und aus ihr stieg eine wunderschöne, majestätische Frau, welche von den Feenkindern mit einem Freudenrufe bewillkommt wurde; sie verneigten sich tief und sangen dann ein Lied der Königin zu Ehren. Freundlich dankte die hohe Frau, auf deren Haupt eine blitzende Krone strahlte, und begann mit den Einzelnen sich zu unterhalten; doch zog mit Einemmal eine finstere Wolke über ihr liebliches Gesicht, sie schaute dorthin, wo Lieschen bange stand.

„Ihr habt" - begann die Feenkönigin - „mein Verbot übertreten und ein menschliches Wesen bei euch aufgenommen; du Lilis hast das arme Kind hierhergelockt. Schön-Lieschen war zwar deine Retterin, aber du hättest sie unter ihren Spielgenossen, in ihrer Heimat, wo sie glücklich lebte, lassen sollen. Wohl weiß ich, daß du eine unbezwingliche Neigung zu dem Mädchen faßtest, seit sie dich durch ihr mutiges Verhalten aus den Händen des Zauberers Merlin befreit hat. Kinder müssen immer gehorchen, dürfen nie einen eigenen Willen haben. Du hättest mir Schön-Lieschens Tat erzählen können und dann hätten wir Feen sie auf andere Art zu belohnen gesucht, als du tatst! Ein längerer Aufenthalt bei euch, meine Lieben, kann dem guten Kinde nicht gestattet werden, sie muß sich sogleich entfernen!" - Da schluchzte Lilis laut und sah mit Tränen im Auge bittend zur Feenkönigin auf.

„Der Aufenthalt" - fuhr die hohe Frau fort - „hat in ihr Herz ein sehnsüchtiges Verlangen nach einer ähnlichen Vereinigung mit höheren Geistern gelegt. Ihr Erdenleib wird diesem Sehnen unterliegen, doch ihre Seele, ihr unsterblicher Teil, kommt dahin, wo man kein Leid, keinen Schmerz fühlt. Das tröste dich, Lilis!

Doch damit du deine liebgewonnene Freundin zuweilen besuchen kannst, so gib ihr diesen goldenen Ring, den sie aber nie von der Hand lassen darf. So oft sie ihn dreht, kannst du zu ihr gehen, doch darf dich kein fremdes menschliches Wesen je sehen, auch wirst du dich hüten, zu lange zu verweilen. Dies merke wohl, und nun Kinder nehmt Abschied von Schön-Lieschen, denn sie geht jetzt heim zu ihren Eltern!" -

Ein Feenkind nach dem andern küßte das weinende Mädchen, der Lilis den goldenen Reif an den Finger steckte und ihr leise zuflüsterte: „Vergiß mich nicht, wenn du wieder bei den Deinigen bist, und drehe den Ring recht oft!" - Dann rief die Feenkönigin einen weißen Edelhirsch herbei, auf dessen Rücken Schön-Lieschen sich setzen mußte; noch einmal lächelten alle Feenkinder ihr zu, der Hirsch erhob sich und ehe sich das Mädchen recht fassen konnte, waren sie schon aus den Augen entschwunden. Das flüchtige Tier trug sie schnell durch das Tal und den Wald und setzte sie am Rande desselben ab, worauf es sogleich zurückeilte.

Wie sie nun da saß, die Wiese, auf der sie immer so froh mit ihren Altersgenossen gespielt hatte, sah und das nahe heimatliche Dorf, hätte sie fast alles, was sie in den letzten Tagen erlebte, für einen Traum gehalten, wenn nicht der Ring an ihrem Finger gewesen wäre. Schnell raffte sie sich auf, denn ihr fielen jetzt mit Einemmale ihre Eltern ein, und eilte flüchtigen Fußes der heimischen Hütte zu. Sie hatte diesen großen Jammer bereitet, denn wie die andern Kinder erzählten, Schön-Lieschen sei in den Feenwald gelaufen, hielten Eltern und Nachbarn sie für verloren. Desto größer war die Freude, als das geliebte Mädchen unvermutet eintrat. Von vielen Fragen bestürmt konnte sie nur nach und nach sich auf Alles besinnen; sie erzählte von ihrem Aufenthalte bei den Feenkindern, der guten Königin, dem schönen Hirsch, der sie wieder heimgebracht habe. Doch wie ihr Niemand, trotz aller Beteuerungen das alles glauben wollte, zeigte sie den Ring vor und wollte zur Bestätigung ihrer Aussagen das Feenkind herbeirufen, aber so oft sie den goldenen Reif auch herumdrehte, diese erschien nicht, bis es Schön-Lieschen einfiel, daß Niemand als sie Lilis sehen dürfe, und sie von dem vergeblichen Bemühen abstand, die Ihrigen von der Wahrheit zu überzeugen. Die meisten Leute, und darunter waren auch Schön-Lieschens Eltern, glaubten, das Mädchen sei vor Angst im Feenwald krank geworden und werde in der Fieberhitze allerlei geträumt haben, was sie jetzt für Wahrheit halte, den Ring könnte es ja gefunden haben. -

Die Vermutung, daß Schön-Lieschen krank gewesen sei, schien sich auch zu bestätigen. Das sonst so lebensfrohe Kind wurde nach einiger Zeit still, in sich gekehrt nahm es an keinem Spiele der Dorfjugend mehr teil, und wenn sie dies ja tat, gezwungen durch die Bitten ihrer früheren Spielgefährten, so machte sie Fehler auf Fehler, wodurch ärgerliche Störungen entstanden. Ihr träumerisches Wesen fiel jedermann auf und wenn *die Mutter sie bat, ihr die Ursache davon zu sagen, so erwiderte sie immer, seit sie bei den Feenkindern gewesen sei, fände sie alles nicht so schön, wie dort im Tale, und es gefiele ihr gar nicht mehr, besonders weil Lilis, ihre Freundin, nicht käme und ihr Versprechen halte. - Die gute Frau schüttelte zu solchen Äußerungen wohl den Kopf und suchte ihrer geliebten Tochter alles im Tale dort Erlebte als Traum auszulegen, doch vergebens war dies Bemühen! -*

Denn wiewohl Schön-Lieschen zum öfteren schon den goldenen Ring herumgedreht hatte und Lilis nie gekommen war trotz des Versprechens der Feenkönigin, so wußte sie doch viel zu gut, daß sie wirklich bei den Feenkindern gewesen sei. Sie zog sich, um ungestört ihren Gedanken an alle im Tale genossenen Herrlichkeiten nachhängen zu können, von allem ferneren Umgange mit ihren früheren Gefährten zurück, und diese beredeten sie zuletzt auch nicht mehr, an ihren Spielen teil zu nehmen, weil sie in der Regel alles verdarb, sondern ließen sie ungestört ihre einsamen Spaziergänge aufsuchen. Seit ihrer Rückkehr hatte Schön-Lieschen den Feenwald nicht mehr betreten und weil auf der Wiese am Rande desselben die Kinder nicht mehr spielen mochten, so war es dort immer einsam und deshalb besuchte sie den liebegewonnenen Platz sehr oft.

So saß sie eines Tages unter einem Baume und wand sich einen Kranz von Feldblumen, die zwar auch recht hübsch, aber bei weitem nicht so schön waren, als die drüben im Tale bei den

Feenkindern. Wie in Gedanken drehte sie den Ring, welchen sie beständig trug, mehrere Male umher, da hörte sie leise ihren Namen rufen. Erschrocken sprang sie auf, blickte um sich und sah, ihr winkend, am Rande des Feenwaldes ihre geliebte Lilis.

„Ach, hab' ich dich wieder!" - rief Schön-Lieschen und eilte schnell hin, wo Lilis sie mit offenen Armen empfing. Sie hatten einander so viel zu erzählen, doch wie Schön-Lieschen wissen wollte, warum ihre Freundin nie gekommen sei, wenn sie auch den Ring noch so oft gedreht habe, sagte Lilis:

„Ohne Einwilligung der Königin darf ich nicht über den Wald hinaus, weil ich nur hier gegen allenfallsige Unbilde Schutz finde. Aber liebes Kind, du siehst so bleich aus, fehlt dir etwas oder kann ich dir in etwas helfen, sag' es mir und verheimliche mir nichts?" -

„Seit ich dich habe" - antwortete diese - „fehlt mir nichts mehr, aber der Gram, daß ich dich nicht mehr sehen würde, weil du mich vergessen hättest, nagte an meinem Herzen. Doch jetzt weiß ich das Gegenteil, du liebst mich ja noch und ich kann wieder froh und glücklich werden!" -

Unter süßem Kosen und Geplauder schwand die Zeit schnell, Lilis gab das Versprechen, so oft zu kommen, als Schön-Lieschen den Ring drehe, und entfernte sich dann. Von nun an fanden sich die liebenden Freundinnen täglich und immer brachte Lilis Grüße von den andern Feenkindern mit, welche ihr durch den lieblichen Boten manche süße Frucht, manche bunte Blume aus ihrem Tale schickten als Zeichen, daß sie dieselbe nicht vergessen hätten. Aber mit Wehmut bemerkte Lilis, daß der weisen Königin Vorhersagung in Erfüllung gehe. Schön-Lieschens Wangen erblaßten immer mehr und das Mädchen wurde von Tag zu Tag schwächer und matter; sie gestand ihrer Freundin, daß die Sehnsucht, mit den Feenkindern für immer vereinigt zu werden, sie verzehre. Lilis tröstete sie so gut dies anging, und sagte, daß so gerne die Feenkönigin sie auch aufnehmen würde, dies doch unmöglich sei, weil es nicht in ihrer Macht liege.

Mit großem Erschrecken sahen auch Schön-Lieschens Eltern, daß ihres geliebten Kindes Kräfte immer mehr abnahmen; sie verboten ihr die ferneren Spaziergänge zum Walde, den sie zuletzt nur mit Anstrengung hatte erreichen können, und Lieschen war damit zufrieden, denn Lilis teilte ihr mit, daß sie die Freundin mit Erlaubnis der Königin auch in der Hütte ihrer Eltern besuchen werde, nur dürfe dann, wenn sie gerufen werde, Niemand sie stören.

Das arme Mädchen war jetzt so schwach, daß sie das Lager nicht mehr verlassen konnte, doch zeigte sie sich stets heiter, denn täglich kam Lilis, die ihr so viel Angenehmes erzählte, und die Kranke schien dann immer wieder aufzuleben. Gegen die Dorfkinder, welche sie jetzt häufig besuchten, war sie freundlich, und wenn diese weinten, weil das liebe Mädchen aus dem Leben scheiden müsse, so erzählte sie ihnen vom Himmel, wo es nach der Aussage ihrer Freundin Lilis noch viel schöner als im

Feental sei, und dieser Freuden werde sie ja bald teilhaftig sein, daher solle man sie beneiden und nicht bedauern, denn auf der Erde gefiele es ihr so nicht mehr, seit sie bei den Feenkindern gewesen sei. - So gingen ihre früheren Spielgenossen getröstet von der Kranken weg und auch die betrübten Eltern klagten nicht mehr, sondern des geliebten Kindes Willen erfüllend ließen sie es oft allein.

Da kamen eines Tages alle Feenkinder zu Schön-Lieschen; mit freundlichem Lächeln bewillkommte sie das bleich daliegende Mädchen, dessen letzte Stunde gekommen war; jedes derselben reichte der Sterbenden die Hand und küßte sie, während die übrigen das Lager mit süß duftenden Blumen schmückten. Dann sangen alle eine leise, klagende Weise und unter den sanften Tönen derselben schlossen sich Schön-Lieschens lebensmüde Augen. Lilis fing den letzten Seufzer ihrer Freundin mit einem Kusse auf! -

Während die Feenkinder betrübt ihrem Tale zueilten, schwebte Schön-Lieschens Seele zum Himmel empor in Engelsgestalt, den Körper aber legten die trauernden Eltern in ein Grab und alle Dorfkinder halfen dabei. Am nächsten Tage standen auf dem darüber aufgeworfenen Hügel eine Menge wunderschöne Lilienstengel, mit weißen offenen Kelchblüten, sie wuchsen ohne alle Pflege und Jedermann hatte an den schönen Blumen seine Freude, denn sie bezeichneten die Stätte, wo Schön-Lieschen, die Freundin der Feenkinder, begraben worden war.

George Sand (Amandine Lucie-Aurore Dupin)

Die Staubfee

Als ich noch jung war - und das ist schon lange her, liebe Kinder! - hörte ich oftmals, wie die Leute sich über eine aufdringliche, kleine, alte Frau beklagten, die zum Fenster immer wieder hereinkam, kaum war sie aus der Tür gejagt. Sie war so fein und zierlich, daß sie schwebte, statt zu laufen, und meine Eltern verglichen sie mit einer kleinen Fee. Die Hausangestellen verachteten sie und vertrieben sie mit dem Besen; aber kaum hatte man sie von einem Platz verdrängt, erschien sie wieder an einem anderen.

Sie trug immer ein häßliches, graues Kleid und einen fahlen Schleier, der schon bei dem geringsten Wind um ihren von gelblichen Strähnen zerzausten Kopf flatterte. Ich hatte Mitleid mit ihr, weil man sie verfolgte, und gerne durfte sie in meinen Garten, um sich auszuruhen, obwohl sie viele meiner Blumen beschädigte. Ich unterhielt mich mit ihr, ohne aber in den Gesprächen auch nur einen einzigen vernünftigen Satz zu hören. Sie wollte alles anfassen und sagte, daß sie damit nur Gutes tun würde. Man tadelte mich, weil ich sie tolerierte; und wenn sie in meine Nähe gekommen war, schickte man mich zum Waschen und zum Umziehen; man drohte, mir sonst ihren Namen zu geben. Es war ein häßlicher Name, vor dem ich mich sehr fürchtete. Weil die Frau so schmutzig war, daß man annahm, sie schliefe in dem Kehricht der Häuser und Straßen, nannte man sie die Staubfee.

„Warum sind Sie so staubig?" fragte ich sie eines Tages, als sie mich in den Arm nehmen wollte.

„Es ist dumm von dir, dich vor mir zu fürchten", antwortete sie scherzhaft. „Du gehörst mir und du gleichst mir mehr, als du denkst. Aber du bist noch ein unwissendes Kind, und ich würde meine Zeit verlieren, wenn ich dir dies näher erklären würde." „Sieh mal an", sagte ich, „es ist das erste Mal, daß Sie anscheinend vernünftig reden wollen. Erklären Sie mir, was Sie mit Ihren Sätzen gemeint haben." „Darüber kann ich mit dir hier nicht reden", antwortete sie. „Ich könnte dir viel erzählen, aber sobald ich mich bei euch irgendwo niederlasse, fegt man mich mit Verachtung hinweg. Doch wenn du wissen willst, wer ich bin, dann rufe mich diese Nacht dreimal, sobald du eingeschlafen bist."

Laut lachend entfernte sie sich, und mir schien, als würde sie sich auflösen und in goldenem Staub emporheben, der von der untergehenden Sonne gerötet wurde. Abends im Bett dachte ich an sie.

„Ich habe dies alles nur geträumt", sagte ich mir, „oder diese kleine Alte ist wirklich verrückt. Wie sollte es mir denn möglich sein, sie im Schlaf zu rufen?"

Dann schlief ich ein, und sofort träumte ich, daß ich sie rufen würde. Ich bin mir nicht sicher, ob ich nicht auch dreimal ganz laut gerufen habe: „Staubfee! Staubfee! Staubfee!"

Im gleichen Augenblick befand ich mich in einem großen Garten mit einem zauberhaften Palast. Auf der Treppe dieses wunderbaren Schlosses erwartete mich eine junge und schöne Frau in wundervoll festlicher Kleidung.

Ich lief zu ihr hin, sie umarmte mich und sagte zu mir: „Nun, erkennst du jetzt die Staubfee?"

„Nein, keineswegs, Madame", antwortete ich ihr, „und ich glaube, daß Sie sich über mich lustig machen." „Ich mache mich nicht über dich lustig", sagte sie. „Da du aber nicht verstehen würdest, was ich dir zu sagen habe, will ich dir etwas zeigen. Folge mir."

Sie führte mich an den schönsten Platz ihres Schlosses. Dort gab es einen kleinen, klaren See, der einem Diamanten glich, welcher in einen Ring von Blumen eingefaßt war. Fische in allen Schattierungen von orange bis karneolrot trieben hier ihr Spiel, amberfarbene Chinakarpfen, schwarze und weiße Schwäne, exotische und mit Edelsteinen geschmückte Enten. Und auf dem Grund des Sees gab es Muscheln aus Perlmutt, bunte Salamander mit gezackten Streifen, schließlich eine ganze Welt lebender Wunder, die auf einem silbernen Sandbett hin- und herglitten; auch wuchsen dort feine Gräser, die einen schöner blühend und hübscher als die anderen. Dieses große Becken war ringsum umgeben von Porphyrsäulen mit Alabasterkapitälen. Das Hauptgesims, das aus den kostbarsten Mineralien bestand, verschwand fast unter dem Wuchs von Reben, Jasminsträuchern, Blauregen, Zaunrüben und Geißblatt, wo tausend Vögel ihr Nest errichtet hatten. Rosensträucher aller Arten und aller

Düfte spiegelten sich im Wasser ebenso wie die Säulen und die schönen Statuen aus weißem Marmor von der Insel Paros, die unter den Arkaden aufgestellt waren. In der Mitte des Beckens schoß ein Wasserstrahl in einem Sprühfeuer von Diamanten und Perlen hervor und fiel zurück in riesige Perlmuttbecken. Diese Anlage war wie ein Amphitheater gestaltet und öffnete sich auf ein anmutiges Theaterparterre hin, das von riesigen Bäumen voller Blüten und Früchte in ihren Kronen beschattet war; die von Weinranken umwachsenen Stämme bildeten so gegenüber der Porphyrkolonnade eine Säulenreihe aus grünem Laub und Blumen.

Die Fee ließ mich neben ihr niedersitzen am Eingang einer Grotte, aus der ein kleiner, wohlklingender Wasserfall entsprang und die ausgeschmückt war mit dem schönsten Zungenfarn und mit dem Samt des frischen Mooses, auf dem die Wassertropfen wie Diamanten strahlten.

„Alles, was du hier siehst", sagte sie, „ist mein Werk. All dies besteht aus Staub. Indem ich mein Kleid in den Wolken ausgeschüttelt habe, habe ich das Material für dieses Paradies bereitgestellt. Mein Freund Feuer, der es in die Lüfte geschleudert hatte, hat es wieder zurückgenommen, um es erneut zu glühen, zu kristallisieren oder zusammenzudrängen, nachdem mein Diener Wind es in die Feuchtigkeit und die Elektrizität der Wolken getrieben und dann wieder auf die Erde zurückgeworfen hat; diese große dichte Fläche hat sich also wieder mit meiner fruchtbaren

Substanz bedeckt, und der Wind hat daraus Sand und Phosphat geschaffen, nachdem er daraus Granit, Porphyr, Marmor, Metall und Steine aller Arten gemacht hat."

Ich hörte zu, ohne etwas zu verstehen und dachte mir, daß die Fee sich über mich lustig machen wollte. Daß sie Erde aus Staub hat machen können, mag noch angehen; daß sie aber Marmor, Granit und andere Mineralien geschaffen hätte, indem sie sich ausgeschüttelt habe, glaubte ich keineswegs. Ich wagte nicht, ihr diese Lügen vorzuhalten, sondern wandte mich ihr unwillkürlich wieder zu, um zu sehen, ob sie wirklich ernsthaft eine solche Absurdität behaupten könne. Wie war ich überrascht, als ich sie nicht mehr hinter mir bemerkte! Ich hörte aber ihre Stimme, die aus der Erde kam und mich rief. Gleichzeitig versank auch ich in der Erde, ohne mich dagegen wehren zu können, und fand mich an einem schrecklichen Ort wieder, wo alles Feuer und Flamme war. Man hatte mir schon von der Hölle erzählt, und ich glaubte nun, daß dies die Hölle sei. Rote, blaue, grüne, weiße und violette Schimmer, mal fahl und mal blendend, ersetzten das Tageslicht; und selbst wenn die Sonne an diesen Ort gelangen würde, dann würden die Dämpfe, die aus einem großen Ofen strömten, sie gänzlich verhüllen.

Ein furchtbarer Lärm, gellendes Pfeifen, Explosionen und Donnerschläge füllten diese Höhle mit schwarzen Wolken, in die ich mich eingeschlossen glaubte.

Mittendrin bemerkte ich die kleine Staubfee, die wieder ihr erdfarbenes Gesicht hatte und ihr farbloses, schmutziges Kleid trug. Sie lief hin und her, indem sie hier etwas aufschichtete, dort etwas wegräumte, irgendwelche Säuren braute und vermischte; kurz: alles was sie tat, war mir unverständlich.

„Hab keine Angst", rief sie mir zu, mit einer Stimme, die den betäubenden Lärm dieser Unterwelt übertönte. „Hier bist du in meinem Laboratorium. Du verstehst doch etwas von Chemie?" „Ich weiß davon gar nichts", rief ich, „und ich will auch an einem solchen Ort nichts davon erfahren." „Du wolltest doch mehr wissen, und jetzt mußt du schon meiner Vorstellung zuschauen. Es ist sehr bequem, auf der Oberfläche der Erde zu wohnen, mit Blumen, Vögeln und zahmen Tieren zu leben, in ruhigen Gewässern zu baden, köstliche Früchte zu essen und auf einem Teppich von Gras und Blumen zu laufen. Du hast dir wohl vorgestellt, daß das menschliche Leben seit jeher so ausgesehen hat. Es ist aber an der Zeit, dich über den Anfang aller Dinge aufzuklären und über die Macht der Staubfee, deiner Großmutter, Mutter und Amme." Während sie so sprach, stürzte ich zusammen mit der Alten in die tiefste Tiefe des Abgrunds, hindurch durch verzehrende Flammen, schreckliche Explosionen, beißenden schwarzen Rauch; durch schmelzende Metalle, speiende Lava und alle Schrecken eines Vulkans.

„Hier sind meine Ofen und dies ist die Unterwelt, wo meine Vorräte entstehen. Du siehst, daß es hier angenehm ist für den

Geist, der befreit ist von jenem Schildpanzer, den man Körper nennt. Dein Körper ist in deinem Bett zurückgeblieben und nur dein Geist ist bei mir. So kannst du also an die Urmaterie rühren. Du verstehst noch nichts von Chemie und du weißt nicht, woraus dieser Stoff besteht; du weißt auch nicht, durch welch geheimnisvolles Verfahren das, was hier als fester Stoff erscheint, aus einem gasförmigen Stoff entsteht, der wie ein Nebelfleck im Weltall schimmerte und später leuchtete wie die Sonne. Du bist noch ein Kind, und ich kann dich nicht in alle großen Geheimnisse der Schöpfung einweihen. Es wird auch noch einige Zeit vergehen, bevor selbst deine Lehrer davon etwas wissen werden. Aber ich kann dir die Produkte meiner Kochkunst zeigen. Alles hier ist für dich ein wenig verworren. Steigen wir ein Stockwerk höher, nimm die Leiter und folge mir!"

Tatsächlich war plötzlich eine Leiter vor uns, von der ich weder Anfang noch Ende sehen konnte. Ich folgte der Fee und befand mich mit ihr in der Finsternis. Aber da bemerkte ich, daß die Fee ganz hell war und wie eine Fackel leuchtete. So sah ich riesige Lager, gefüllt mit einer rötlichen, teigartigen Masse; weiße Kristallblöcke und riesige Klingen aus einem schwarz glänzenden, glasartigen Stoff, den die Fee in ihren Händen zerbröckelte. Dann zerstampfte sie den Kristall in kleine Teilchen, mischte alles zusammen mit einem rötlichen Teig und stellte es auf eine kleine Flamme.

„Welches Gericht bereiten Sie da?" fragte ich sie.

„Es ist ein Gericht, das für deine arme kleine Existenz notwendig ist", antwortete sie. „Ich mache Granit, das heißt: aus Staub mache ich den härtesten und haltbarsten aller Steine. Man braucht ihn, um den Höllenfluß Kozythus und den Feuerstrom Phlegethon einzudämmen. Ich bereite auch aus den gleichen Elementen verschiedene andere Mischungen zu. Hier zum Beispiel etwas, das man dir als Gneis, Quarzfels, Talkschiefer, Glimmerschiefer usw. vorgestellt hat. Von all dem, was aus meinem Staub wird, werde ich später wieder neuen Staub mit neuen Elementen herstellen, und das wird dann Schiefer, Sand und Kiesel sein. Mit Geschick und Geduld stelle ich laufend neuen Pulverstaub her, um wieder neue Verbindungen zu schaffen. Ist nicht die Grundlage von jedem Kuchen das Mehl? Im Augenblick bin ich dabei, meine Ofen auf kleiner Flamme zu halten, indem ich ihnen dennoch einige notwendige Zuglöcher anlege, damit nicht alles auseinandergerissen wird. Wir werden weiter oben sehen, was passiert. Wenn du müde bist, dann kannst du jetzt ruhig etwas schlafen, denn ich brauche hierfür noch ein wenig Zeit."

Ich verlor jegliches Zeitbewußtsein. Dann weckte die Fee mich wieder auf.

„Du hast ja einige Jahrhunderte geschlafen", sagte sie.

„Wieviel denn, gnädige Fee?" „Das wirst du besser deine Lehrer fragen", antwortete sie mit höhnischem Kichern. „Nehmen wir wieder die Leiter!"

Sie ließ mich mehrere Stockwerke voll verschiedener Lager

hochsteigen. Ich sah, wie sie aus Metallrost Kalk machte, Mergel, Ton, Schiefer und Jaspis. Als ich sie nach dem Ursprung der Metalle fragte, antwortete sie: „Du willst ja viel erfahren! Eure Wissenschaftler können zwar einige Phänomene mit Wasser und Feuer erklären. Aber wie sollen sie wissen, was zwischen Himmel und Erde geschehen ist: als der Wind meinen vulkanischen Sand aus der Tiefe emporgeschleudert hat, um neue, feste Wolken zu bilden; als diese in einen Gewitterstrudel gerieten und vom Blitz mit seiner geheimnisvollen Spannung durchdrungen wurden; als die oberen Winde sie in Wolkenbrüchen wieder auf die Erde zurückgeworfen haben? Hier liegt der Anfang der ersten Erdlagerungen. Du wirst ihren wunderbaren Transformationen noch beiwohnen." Wir stiegen höher und sahen Kreide, Marmor und Kalksteinbänke, aus denen man eine Stadt bauen könnte, die so groß wäre wie der ganze Erdball. Und da ich so begeistert davon war, was die Fee mit Vermischen und Kochen bewirken konnte, sagte sie zu mir: „All dies ist noch gar nichts, und du wirst noch mehr sehen. Du wirst sehen, wie inmitten dieser Steine schon das Leben begonnen hat."

Sie näherte sich einem Becken, das so groß wie ein Meer war, tauchte ihren Arm ein und zog daraus zunächst fremdartige Pflanzen, dann noch fremdere Tiere hervor, die aber noch halbe Pflanzen waren; dann unabhängige Lebewesen; lebende Muscheln, schließlich Fische, die sie springen ließ, und sagte: „Hier siehst du, was die Staubfrau alles herstellen kann, wenn sie sich auf den Grund des Wassers begibt. Aber es gibt noch Besseres; schau dich einmal um und betrachte das Ufer!"

Ich drehte mich um: Der Kalkstein und alle seine Verbindungen, gemischt mit Kieselerde und Ton, hatten an ihrer Oberfläche eine feine Schicht aus fettem, braunen Staub, worauf ganz seltsame, dicht belaubte Pflanzen wuchsen. „Dies ist die Pflanzenerde", sagte die Fee. „Warte ein wenig, und du wirst daraus Bäume sprießen sehen." Tatsächlich sah ich eine Baumvegetation entstehen, die sich mit Reptilien und Insekten bevölkerte, während sich am Ufer unbekannte Wesen bewegten, die mir einen wahren Schrecken einjagten.

„Diese Tiere werden dich auf der Erde der Zukunft nicht erschrecken. Sie sind dazu bestimmt, die Erde mit ihrer abgestreiften Haut zu düngen. Es gibt noch keine Menschen, welche sich vor ihnen fürchten könnten." „Moment", sagte ich, „dieser Aufwand an Tieren gefällt mir nicht. Ihre Erde hier gehört diesen reißenden Bestien, die einander verschlingen. Brauchen Sie denn all diese Massaker und all diesen Blödsinn, um uns Dünger zu bereiten? Ich verstehe schon, daß sie zu nichts anderem taugen. Aber ich verstehe nicht eine Schöpfung mit all ihrer Üppigkeit an belebten Formen, die einfach nur da ist, um doch nichts zu tun und nichts an Wert zu hinterlassen." „Der Dünger ist schon etwas Wichtiges, auch wenn er nicht alles ist", antwortete die Fee. „Denn die Substanzen, die durch ihn geschaffen werden, sind für andere Lebewesen bedeutsam, die nach diesen hier folgen werden." „Und die ihrerseits aber auch wieder verschwinden, ich weiß. Ich weiß auch, daß die Schöpfung sich bis zum Menschen hin immer mehr vervollkommnen wird; zumindest hat man es mir so gesagt, und ich glaube es auch. Aber ich habe mir noch nicht diese Verschwendung an Leben und Zerstörung vorstellen können, die mich erschreckt und abstößt. Diese scheußlichen Formen, diese gigantischen Amphibien, diese monströsen Krokodile und all diese kriechenden oder schwimmenden Tiere, die nur zu leben scheinen, um sich ihrer Zähne zu bedienen und andere Tiere zu verschlingen..."

Meine Entrüstung amüsierte die Staubfee sehr.

„Die Materie ist die Materie", sagte sie, „sie ist immer logisch in ihrem Wirken. Der menschliche Geist hingegen ist es nicht, und du hast selbst dafür einen Beweis: du ernährst dich nämlich von herrlichen Flugtieren und einer Fülle anderer Tiere, die schöner und intelligenter sind als diese hier. Soll ich dir zeigen, daß es keine Schöpfung ohne dauernde Zerstörung gibt, oder willst du die Ordnung der Natur umkehren?" „Ja, das würde ich schon gerne. Ich wollte, alles wäre vom ersten Tag an gut. Wenn die Natur eine große Fee ist, könnte sie auf all diese scheußlichen Versuche gut verzichten und eine Welt errichten, in der wir Engel wären, vom Geist lebend in einer unveränderlichen und immer schönen Schöpfung."

„Die große Fee Natur hat höhere Ziele", antwortete die Staubfrau. „Sie beabsichtigt nicht, bei den Dingen stehenzubleiben, die du kennst. Sie erschafft und erfindet unaufhörlich. Für sie, die keinen Stillstand des Lebens kennt, würde Ruhe nur den Tod bedeuten. Wenn sich die Dinge nicht veränderten, wäre das Werk des Königs der Geister beendet; und dieser König, der nichts anderes ist als die höchste unendliche Aktivität, würde mit seinem Werk untergehen. Die Welt, in der du lebst und in die du gleich zurückkehren wirst, wenn deine Vision der Vergangenheit sich verflüchtigt - diese Welt der Menschen, welche du für besser hältst als die der frühen Tiere, und diese Erde, mit der du dennoch nicht ganz zufrieden bist (denn du würdest dort ja lieber für immer im Zustand des reinen Geistes leben), und dieser arme, noch junge Planet sind dazu bestimmt, sich unaufhörlich zu verändern. Die Zukunft wird aus euch schwachen menschlichen Kreaturen, die ihr seid, Feen und Geister machen, welche das Wissen, die Vernunft und die Güte besitzen werden.

Schau dir an, was ich dir zeige; und du sollst erfahren, daß diese ersten Entwürfe des Lebens, noch im Instinkt gefaßt, dir näher sind als das, was eines Tages einmal das Reich des Geistes auf der Erde sein wird, die du bewohnst. Die Bewohner dieser zukünftigen Welt werden dich dann ebenso tief verachten, wie du heute die Welt der großen Saurier verachtest."

„Gute," antwortete ich, „wenn mich alles, was ich hier aus der Vergangenheit sehe, dazu führen soll, die Zukunft zu lieben, dann laß uns doch etwas Neues sehen!" „Vor allem", sagte die Fee, „wollen wir aber diese Vergangenheit nicht zu gering schät-

zen, damit wir nicht undankbar auch die Gegenwart verachten. Wenn der große Geist des Lebens sich des Materials bedient, das ich ihm liefere, dann vollbringt er Wunder seit dem ersten Tag. Betrachte einmal die Augen dieses angeblichen Monsters hier, das eure Wissenschaftler 'Ichtyosaurier' genannt haben."

„Sie sind größer als mein Kopf und machen mir Angst!" „Sie sind aber den deinen sehr überlegen. Nach Belieben sind sie kurz- oder weitsehend zugleich. Sie sehen ihre Beute auf beträchtliche Distanz wie durch ein Fernrohr; und wenn sie ganz nahe ist, so sehen sie diese aufgrund eines einfachen Funktionswechsels ganz deutlich in der wirklichen Distanz, ohne eine Brille zu benötigen. In diesem Augenblick der Schöpfung hat die Natur nur ein Ziel: ein denkendes Lebewesen zu schaffen. Sie gibt ihm Organe, die hervorragend auf seine Bedürfnisse abgestimmt sind. Das ist doch ein hübscher Anfang; bist du nicht davon überrascht? - Und so wird es sein, immer besser, bei allen Lebewesen, die nach diesen hier kommen werden. Jene, die dir erbärmlich, schwach und schmächtig erscheinen, sind eben solche Wunder der Anpassung an ihre Umwelt, in der sie leben."

„Und denken sie auch nur an Nahrung wie diese hier?" „Was willst du, woran sollen sie denken? Der Erde liegt nichts daran, bewundert zu werden. Den Himmel gibt es heute und gibt es immer, ohne daß ein Trachten und Bitten der Kreaturen seiner Pracht und der Herrlichkeit seiner Gesetze etwas hinzufügen könnten. Die Fee deines kleinen Planeten kennt die große Ursa-

che, zweifle nicht daran; aber wenn sie ein Wesen schaffen soll, das diese Ursache vorausahnt oder errät, dann ist auch sie dem Gesetz der Zeit unterworfen, von dem ihr Menschen euch keine Vorstellung machen könnt, da ihr zu kurz lebt, um ein Wirken zu beurteilen. Ihr haltet das Wirken für langsam, doch es ist schnell wie der Blitz. Laß mich einmal deinen Verstand von seiner Schwäche befreien und die Ergebnisse unzähliger Jahrhunderte vor dir vorbeiziehen. Schau gut hin und hör auf zu klagen. Nutze meine Gefälligkeit für dich."

Ich spürte, daß die Fee recht hatte und betrachtete wie gebannt die Entwicklung der Erde. Ich sah, wie Pflanzen entstanden und untergingen; wie Tiere geboren wurden und starben, die aufgrund ihres Instinkts immer geschickter wurden und in ihrem Äußeren immer ansehnlicher. Je mehr sich die Erde verschönerte mit Schöpfungen, die denen unserer Tage glichen, desto freundlicher erschienen mir die Bewohner dieses großen Gartens, den große Ereignisse unaufhörlich veränderten; sie wirkten weniger gefräßig auf Artgenossen und mehr auf ihre Nachkommenschaft bedacht. Ich sah, wie sie Unterkünfte für ihre Familien errichteten und wie sie seßhaft wurden. So gut, daß ich von einem Augenblick zum anderen eine Welt untergehen und eine neue Welt entstehen sah, wie in einem Zauberstück auf der Bühne. „Ruh dich aus", sprach die Fee zu mir, „denn du hast gerade viele Jahrtausende durcheilt, ohne es zu ahnen. Und der Mensch wird seinerseits entstehen, wenn das Reich des Affen beendet sein wird."

Ich schlief ganz erschöpft wieder ein, und als ich aufwachte, befand ich mich mitten auf einem großen Ball im Palast der Fee, die wieder jung und schön war.

„Du siehst hier all die herrlichen Dinge und diese ganze schöne Welt", sprach sie zu mir. „Aber alles ist nur Staub, mein Kind. Diese Wände aus Porphyr und Marmor sind nichts anderes als der Staub von Molekülen, die geformt und dann gekocht wurden. Diese Mauern hier aus Quadersteinen sind nichts anderes als der Staub von Kalk und Granit, der ebenso behandelt wurde. Das Porzellan und das Steingut sind ein Pulver aus Feldspat, und die Verwendung der Porzellanerde haben uns die Chinesen gelehrt. Der Diamantenschmuck der Tänzerinnen ist Kohlestaub, der sich kristallisiert hat. Diese Perlen sind hier ein Kalkphosphat, den die Austern in ihre Muscheln durchsickern lassen. Das Gold und alle Metalle entstammen nichts anderem als der Verbindung allerkleinster Moleküle in der entsprechenden Mischung und dem richtigen Schmelzverfahren. Diese hübschen Pflanzen, die fleischfarbenen Rosen, die gefleckten Lilien, die Gardenien, welche die Luft mit ihrem Wohlgeruch füllen - sie alle sind aus dem Staub geboren, den ich ihnen bereitet habe. Und all diese Leute, die zum Klang der Instrumente lachen und tanzen, diese Lebewesen par excellence, die man Menschen nennt: auch sie sind, mit Verlaub gesagt, aus mir geboren und werden zu mir zurückkehren."

Als sie dies gesprochen hatte, verschwanden plötzlich das

Fest und der Palast. Ich befand mich jetzt mit der Fee auf einem Weizenfeld. Sie bückte sich und hob einen Stein auf, in den eine versteinerte Muschel eingeprägt war.

„Hier siehst du noch als Versteinerung ein Wesen, das ich dir lebendig vorgeführt habe in seinen ersten Lebenszeiten. Was ist es jetzt? Kalkphosphat. Man mahlt ihn zu Staub und düngt damit jene Böden, die zu kieselhaltig sind. Wie du siehst, beginnt der Mensch jetzt zu erkennen, daß es nur die Natur als einzigen Lehrmeister gibt."

Sie zerdrückte die Versteinerung in ihren Händen und zerstreute den Staub auf dem Ackerland. „Und dies wird auch wieder in meine Küche zurückkommen. Ich säe die Zerstörung, um den Keim zum Sprießen zu bringen. So ist es mit allem Staub, sei er von Pflanzen, Tieren oder Menschen. Er ist der Tod, nachdem er das Leben war. Und daran ist nichts Trauriges, da er mit meiner Hilfe immer wieder beginnt, das Leben zu sein, nachdem er der Tod war. Adieu! Du sollst aber ein Erinnerungsstück von mir erhalten. Hier ist ein Stück von meinem Ballkleid, das du so bewundert hast; du kannst es gerne näher untersuchen."

Alles verschwand auf einmal. Als ich die Augen öffnete, lag ich wieder in meinem Bett. Die Sonne war schon aufgegangen und sandte mir einen herrlichen Strahl in mein Zimmer. Ich sah mir das Stück Stoff an, das die Fee mir in die Hand gedrückt hatte. Es war nichts anderes als ein kleines Häuflein Staub. Aber mein Geist war noch ganz von dem Traum verzückt und gab mei-

nen Sinnen die Fähigkeit, die kleinsten Bestandteile dieses Staubes zu unterscheiden.
Ich war begeistert, denn hier war alles zu finden: Luft, Wasser, Sonne, Gold, Diamanten, Asche, Blütenpollen, Muscheln und Perlen; der Staub von Schmetterlingsflügeln, Fäden, Wachs, Eisen sowie Holz und auch viele kleine Kadaver. Aber inmitten dieser nicht wahrnehmbaren Restbestandteile sah ich eine Art von Leben gären: ungreifbare Wesen, die sich irgendwo niederlassen wollten, um auszuschlüpfen oder sich zu verwandeln. Sie verschmolzen mit dem rötlichen Strahl der aufgehenden Sonne.

Alte Elfenmärchen

Gepflückt und zu einem Strauß gebunden
von
Marina Grünewald
64 S., geb. ISBN 3-926374-93-4

"Aus alten Märchen winkt es hervor mit weißer Hand, da singt es und da klingt es von einem Zauberland ..." Heinrich Heine
Ein Wunderschöner Strauß alter Elfenmärchen mit literarischen Blüten so bekannter Autoren wie Heinrich Heine, Theodor Storm; Hans Christian Andersen, Felix Dahn u.a.
"*Lebet wohl, ihr lichten Heiden, brauner Acker, grüner Hain, lebet wohl, wir müssen scheiden, Mondenglanz und Sternenschein..."*

Hexenmärchen

Aufgespürt und zusammengestellt von Melissa Bónya

64 S., geb., 3-934254-26-8

„Bezaubernde" Märchen über die weisen Frauen – u.a. von Wilhelm Busch, Hermann Löns, den Gebr. Grimm, Paul von Heyse, u.a. .

Gina Hellmann

Alte Rosenmärchen

144 Seiten, Format A 6, Hardcover,
mit zahlreichen farbigen Abbildungen
ISBN 3-934254-43-8

Seit jeher haben Rosen die Phantasie der Dichter beflügelt, und so hat Gina Hellmann in diesem wunderschön illustrierten Geschenkbüchlein die schönsten Rosenmärchen und -gedichte gesammelt und zu einem duftenden Strauß literarischer Rosenblüten gebunden.
- aus der Feder so bekannter Autoren wie Hans Christian Andersen, Novalis, Hermann Löns, Clemens Brentano, Friedrich Hölderlin, Wilhelm Busch, Heinrich Heine u.a.

Novalis

Blaue Blume & Karfunkelstein - erträumte Märchen

ISBN 3-926374-77-2

„Nach Innen geht der geheimnisvolle Weg. In uns, oder nirgends, ist die Ewigkeit mit ihren Welten, die Vergangenheit und Zukunft.“ Novalis

Die Wiederentdeckung einiger der schönsten Märchen der Romantik.

Das Echte Keltische Baumhoroskop

ausgegraben von Bertram Wallrath
ISBN 3-926374-60-8

Jeder Mensch ein Baum oder Bäume lügen nicht? Das keltische Baumhoroskop zeichnet menschliche Eigenschaften in ihrer Zuordnung zu unseren Bäumen als faszinierende Alternative zu den uns vertrauten Tierkreiszeichen.

Angelica Ostholt

Im Zauberkreis der Feen und Elfen

Immerw. Posterkalender Spiralb., 13 Blatt, 34 x 49 cm, ISBN 3-926374-95-0

Aus der Berührung mit dem Feenreich sind diese wunderschönen, zarten Bilder der Künstlerin entstanden, die bereits mit ihrem Kalender Engelwelten unsere Herzen berührt hat. Lassen Sie sich an die Hand nehmen auf die Reise in eine uns unsichtbar erscheinende Welt voller Geheimnisse und Wunder.

Im Zauberbann des Feenreichs

Blumenelfen und Baumgeister

ISBN 3-926374-57-8

Man sieht nur mit dem Herzen gut... das gilt ganz besonders für den Umgang mit dem Reich der Naturgeister.
Dieses Büchlein stimmt Sie ein auf die Begegnung mit den lieblichen Blumenfeen und –elfen und den kraftvollen Baumgeistern.

Das kleine Traumkissen

erträumt von Gina Hellmann
ISBN 3-926374-61-6

Meditationen und praktische Tips machen dieses Büchlein zu einem unentbehrlichen Begleiter für die Reise durch die Nacht:
Wie fertige ich ein Traumkissen an? Was ist ein Traumschild? Wie können Steine den Schlaf beschützen? Wie begegne ich meinem Traumführer? Und: Die Begegnung mit meinem Dream Lover!